푸른사상
시선

87

사랑할 게 딱 하나만 있어라

김 형 미 시집

 푸른사상
PRUNSASANG

푸른사상 시선 87

사랑할 게 딱 하나만 있어라

인쇄 · 2018년 5월 30일 | 발행 · 2018년 6월 5일

지은이 · 김형미
펴낸이 · 한봉숙
펴낸곳 · 푸른사상사

주간 · 맹문재 | 편집 · 지순이 | 교정 · 김수란
등록 · 1999년 7월 8일 제2-2876호
주소 · 경기도 파주시 회동길 337-16(서패동 470-6) 푸른사상사
대표전화 · 031) 955-9111(2) | 팩시밀리 · 031) 955-9114
이메일 · prun21c@hanmail.net / prunsasang@naver.com
홈페이지 · http://www.prun21c.com

ⓒ 김형미, 2018

ISBN 979-11-308-1340-0   03810

값 9,000원

푸른사상 시선 87

사랑할 게 딱 하나만 있어라

| 시인의 말 |

꽃 진 자리에 풀여치가 와 운다
풀여치 떠난 자리에 달이 또 와 풀여치처럼 운다
달 저문 자리에 본래 있던 꽃 진 자리가 흔들린다
흔들리는 것은 너 때문인가 바람 때문인가

아아, 이 세상에 나 아닌 게 없다

2018년 5월
김 형 미

| 차례 |

■ 시인의 말

제1부

제2부

제3부

| 사랑할 게 딱 하나만 있어라 |

제4부

제1부

등대

저 눈은 영혼이 들고나는 통로이다

통로가 밝으면 죽을 때도 그 가는 길을 알고 간다

수직의 이해

수직으로 서고자 하는 것들의 쓸쓸함을

나는 이해한다 획을 말하는 그의 입술과

몇 날을 뜬눈으로 다가드는 저 빗줄기와

부스스 빗소리를 내는 곰소만 갈대들처럼

끝내 서서 살고자 하는 이들의 마음까지도

다리 아픈 그늘 아래서 쉬어본 적 있는 그들은

돌아가고 싶은 것이다, 귀 기울였을 때

처음으로 만나지는 동그라미 속으로

바람을 지그시 누른 물의 소리로

시간도 한없이 미래로만 직선으로 흐르지는 않는다

지극히 둥근 모습으로

자신을 향해 서 있는 것이다 온몸으로,

우주가 되어가는 것이다

수직으로 서 있는 것들의 노고를 헤아리면서

묵화

검은 먹을 치는 묵화를 볼 때마다

사는 일이 흰 것과 검은 것 너머에 있는 듯하여

나는 자주 닥나무 꽃 피는 쌍계사 팔상전을 서성이다 오곤
한다

한 나무 위에 올라앉은 몇 새들처럼

승속이 하나로 머물러 있는 묵화 속에는

내 생의 어느 때 만난 당신과의 인연이 있고

이 생과 저 생이 다를 것 없이

지금 붓끝 안에서 이어지고 있는

눅어진 호흡이 있음을 안다

지극히 제 죽음 속을 들여다본 자들은

먼 곳을 다녀와본 자들은

저 검은 먹색으로 피었다 지는 억겁의 생을

아무렇지도 않은 듯 신발 속에 두고

홀연히 몸을 일으켜 떠나버릴 수도 있음을

붓

줄기가 한 번씩 굴절할 때마다

붓의 나이와 연륜은 깊어진다

어린 나무가 아니라

늙은 가지의 모습이어서 귀하고

살찌지 않은 거친 고뇌가 설레어

기울어진 외길로만 돌아온 사람아

복잡한 잎 사이보다

조금 허전해 보이는 곳에 꽃대 올린 먹의 적막함

한쪽 귀를 잃고도 막막한 그 소리가 들려

죽을 힘 다해 쓸쓸해졌던 것도

내 손목 휘어잡은 줄기가 한 번씩 굴절할 때였다고,

한일자로 누워 있다가

어느 날 문득 획으로 일어선 고향처럼

산도라지

여섯 달 만에 다시 와보니 이전에 보아두었던

산도라지가 자리를 옮기고 안 보인다

아무리 둘러보아도 산잎들만 무성할 뿐

보라색 꽃봉오리 암팡지게 터트리던 도라지는 없고

오소리가 낸 길이 또 제 키만 하게 남겨 있다

사람이 손을 뻗으면 저만치 도망가는 건,

늦여름밤 하늘 높이 뜬 저 달도 그러하다

그리워 손때 묻혀놓을수록 흰 달무리 지고

저 혼자 서쪽 산등성이로 넘어가 소쩍새처럼 운다

사람의 손길이 싫어서가 아니라

외로운 것이다 서로가 간격을 잃었을 때

씹으면 쓴맛이 남는 고통이 된다는 걸 알아서

힘들여 제 몸의 마흔 배가 넘는 거리를

온몸으로 흙을 밀고 가는 것이다

반도 안 되게 축난 얼굴이 몹시도 보고 싶어

저만의 고독 속으로 퇴똥하게, 숨어드는 것이다

쑥

어둠 속에서 여름내 자란 쑥향이 난다

멀리서 별을 보고 누운 사람의 냄새다

자신의 얼굴을 아는 사람이

쑥국쑥국 갈겨쓴 몇 시가 많이도 쇠었다

천녀목란(天女木蘭)

맛은 쓰고 성질은 차다 그래도

가래에 피가 섞여 나오는 저 달을 치료할 수만 있다면

묵매화

오래된 너의 골격을 보기 위해

한겨울이 다 가도록 곁에 머물렀지

잎 진 줄기나 가지에서 너는

전체를 내게 보여주고 있었거든

꽃눈은 어디에 있고

햇가지는 어디를 향해 뻗는지

무성할 때는 보이지 않던 것들

차고 고독한 계절에 닿아서야

멀고 가까움이 분명한 모습으로 다가들었던 거야

꽃 피고 잎 나서 농묵이 짙어지면

다시 일 년을 기다려야 볼 수 있는 너를

먹의 어두움 속에 넣어두고 겨우내 지켜보았지

거기, 거대한 너의 세계가 들어 있는 줄 알고는

조금은 속되게 태점을 찍어보는 거야

산

산이 그쳐 있는 건 자라기 위해서지요

당신의 붓머리가 아래로 향해 있는 것도

산을 지극히 안으로 품어서랍니다

사실 산이 위로 솟아오르는 이유는

직소폭포에 제 모습을 비추어보기 위해서이지요

극한 무더위 속에서 뻠을 올려가는 나이

나이를 헤아리는 눈을 바닥에 두고자 하는 거라고

그쳐 있다 보면 붓에 맞는 손이 찾아들고

글의 무게를 견디어낼 힘도

산 아래 묻힌 바위에서 나올 수 있는 거라고

산이 그쳐 있는 건

붓머리가 고요히 제 안을 소요하도록 배려하는 것이지요

그것이,

이 생을 떠나지 않고 남은 할 일을 하는 이유라고

묵꽃

그가 사는 나라엔 언제나 묵향이 났다

천천히 팔을 돌려 먹을 가는 소리가

내소사 늙은 잣나무에 기대서 있다 가곤 했다

사람들이 잠들지 못하고 몸을 뒤채는,

긴 여름날의 꿈들이 한 움큼 쥐어져

몫의 밥을 먹는 동안에도

밥상 둥근 묵향이 안으로 젓가락질을 하곤 했다

그럴 때마다 달의 손금은 조금씩 제 명을 바꾸어

쇄골 가득 시(詩)를 쟁여 가을로 떠날 채비를 하고

내소사 잣나무 가지 뻗어난 곳으로 몸을 늘여보기도 하던
것이다

28

그가 사는 묵향 속엔 언제나 내 반이 맴돌아

목숨 살피듯 써내려가고 싶은 진한 것이

울컥, 꽃으로 피어나기도 하던 것이다

살다 갈 그의 다음 생까지도 절집 잣나무에 내리는 이슬이
되어서

묵꽃으로 어룽어룽 맺혀 있곤 맺혀 있곤

능으로 가는 길

딱 나 하나 들어가 누우면

맞는 모양을 하고 있었던 거라

빈 관을 무릎 위에 올려 내가 내는 소리는

비어 있으면서 비어 있지 않은 공명음이었던 거라

계절이 다 간 뒤에야 모습을 드러내는,

석상오동으로 만든 악기를 밤낮으로 조율하면서

술대로 내려친 것이 문현(文絃)이었는지 사랑이었는지

혹은 네 폐혈관에서 건져 올려지는 혼이었는지

가는 길이 지나치게 허전한 것만은 아니었던 거라

우리가 사랑해야 하는 것들에 대하여

질박하게 풀어놓는 굿거리였던 거라

딱 나 하나 들어가면 맞는 잘 마른 관을 메고서

산 넘고 물 건너 굽이굽이 아름다운 능으로 가는 길

가릉빈가*

언제부터 울기 시작했나

고대 히말라야 산에서 날아온 저 새는

울음소리가 저리 아름다워도 되나

심장이 오그라드는 듯한 통증을 느끼면서

극락이 아니면 둥지를 틀지 않는다는,

새의 머리를 밥알 주워섬기듯 꼭꼭 씹어 삼키며

사람의 두상을 한 고대의 새가 내는 울음을

그 울음에서 떨구어진 은빛 몸비늘을

위장에 채워 넣는 밤이 여러 날이었으리

안족을 세워 땅 음을 돋워주지 않아도

천상에서 살아내는,

사람의 마음을 스치는 그 소리

지상에 있는 그 어떤 귀에 가 닿을지 궁금한, 그믐이었으리

아무것도 듣지 못하고 간다 한들

가얏고를 지나가는 진양조처럼

귀밑머리 희어지는 게 서럽지만은 않은 날들이었으리

* 가릉빈가(迦陵頻伽) : 불경에 나오는, 사람의 머리를 한 상상의 새.
  히말라야산에 살며, 그 울음소리가 곱고, 극락에 둥지를 튼다고
  한다.

기장

비 오지 않고 바람 불지 않는 조용한 밤에는

기장 아홉 대궁이 다 한 마디로 된 소리를 한다

눈이 처음 만들어질 때 꽃과 같이 둥글게 되어

하나로 몽글몽글 영글어간다고,

눈 여든한 개를 가진

알맹이의 신비는 거기서 나오는 거라고,

비 오지 않고 바람 불지 않는 조용한 밤에는

기장 아홉 대궁이 다 아는 소리를 한다

낱알이 되어 아래로 흩뿌려진 것들은

당최 귀문이 열려도 듣지 못하는,

가을이 오기 전부터

가을이 오기 전부터 비는 내리고 있었던 거라

사람이 떠날 때만큼이나 마음 수란한 한기가 돌아

핏속까지 서늘해지는 저녁

뜬눈으로 어둠을 굽어보던

산 사람들 가슴이 적막해지는 거라

그들이 고뇌하는 시간의 문간마다

투덕투덕 귀얄문 새겨지는 소리가 이승의 밤길을 묻는다

쓸쓸한 그 물음 속에서 비는 내리고

오직 당신 한 사람이 흙으로 빚어지고 있는

지금은 살갗에 내화토비짐 흔적이 남는 시간

만날 사람은 언제고 다시 만날 테지만

우리는 어느 때 다시 만나질 것인지

크게 노크해서 당신을 열고 들어가보고 싶어지는,

가을이 오기 전부터 우주는

두근거리는 심장을 가지고 있었던 것인데

한 번은 맞닥뜨리게 될 천연을 기다리며

투덕투덕 마른 억새잎 같은 비는 내리던 것인데

꽃

1

저 꽃들은 삶을 이해할 필요가 없네

그 어떤 향기도
끔찍한 고독 속에까지 이르지는 못하네

사랑도 때를 기다려 다만 가기만 하면 될 뿐

2

봄은 한창인데
내 피는 이다지도 노곤하네

제2부

팔색조

팔색조는 죽어서도 찾아간다지

개양할머니의 청동 사자를 돌려세워

오직 네 안에서만 새의 울음을 운다지

너도 어찌하지 못하고

새의 울음을 듣다가 팔색조가 된다지

그렇게 먼 신화 속을 함께 날아다니다

둘이 다시 사람으로 돌아온다지

피리새*

유천리 녹피리 속에 사는 피리새를 본 적 있지

귀는 먹고 눈은 멀어 더 늙어질 수 없을 때

지공(指空)의 안과 밖이 밝았다가 어두워지는

회청색으로 발색된 서쪽의 지저귐을

발톱이 빠지고 부리가 닳은 내 사랑도

조간대 위에서 털을 고르고 깃을 말리고 있을 때

취구(吹口)에 불어넣은 입김처럼

여닫는 게 자유로워지면 떠나리라,

숨을 여밀 때

산과 바다가 둘이 아니어서 무덥지 않았던 여름

백토를 넣은 인화문 하나 본 적 있지

귀가 먹고 눈은 멀어

저세상으로 가는 길을 이어줄

유천리 녹피리 속에 사는 피리새를 부르다

안쳐놓은 이승의 밥이 까맣게 타는 줄도 모르고

북두의 아홉 별이 탕탕 가슴을 치는 줄도 모르고

* 피리새 : 이승과 저승을 이어준다는 새.

40

잔받침

그때 우리는 젊음이었을까요 동체에 바다 위 떠 있는 배와 먼 산 달을 그려 넣을 수 있던 때 능화창 안쪽 ⊃ 형태로 몸 구부린 물고기를 새겨 넣을 수 있던, 그때 우리는 춤이었을까요 동체 없이 받침만 남아 잔좌와 굽이 뚫려 있는 상태로 남아, 그때 우리는 비틀거리지 않았을까요 구비진 물살 거세게 휘돌면서도 온전치 않고 많이 파손되었다는 게 안타까웠던, 그때 우리는 무엇이었을까요 측면 매끄러운 곡사선형 찻잔이었을까요 그리움이었을까요 활짝 핀 모란꽃과 당초 줄기 어우러진 시문이었을까요 놓이는 그릇보다 화려하지 않은 그저 잔받침이었을까요 그릇이 놓였을 때 그릇을 안정감 있게 돋보이도록 해주는, 그런 사랑이었을까요 사랑 한 번 못해 본 아픔이었을까요

귀신고래 이야기

암컷이 죽으면 그 곁을 떠나지 않는다는

귀신고래가 신석기에서 청동기를 지나

시대를 거슬러 여기까지 찾아왔어

새끼가 먼저 작살을 맞으면

암수가 그 곁을 빙빙 돌다 같이 잡힌다는

푸른 물의 나이를 알고 있는 저 고래는

반구대 암각된 바위 속에서도

서로를 지켜야 하는 이유를 아는 거야

비록 세계의 역사는 되지 못했어도

제 울음이 닳아서 아예 없어져버리기 전

오천 년 동안 살아온 내력을 말하기 위해

여기까지 찾아와 너희의 생사를 묻고 있는 거야

부처꽃

붙들고 있는 것만이 능사가 아니어서
산 깊은 곳으로 꽃 지네 하나둘,
곁이 조금씩 비어 생이 더욱 허적해진다고
바람이 분다 아아, 바람이 분다
무언가 한 가지쯤 미치지 않고는 살 수 없을 것 같은
꽃 진 자리마다 바람은 불고
다 놓아도 내가 사라지지 않는, 단 하나 그 길이라면
살고 죽는 것을 전부 네게 걸어도 좋으리
우리가 산다는 건 결국
내 안에서 나를 찾다 가는 바람이런가
밤하늘 별들과 함께 다 같이 돌아갈 수만 있다면
뼈도 없고, 살도 없고, 아무것도 없는
그 자리에서 바람이 분다 아아, 바람이 분다
번뇌만큼 크게 깊어왔다가
산 일 없으니 죽을 일도 없이
꽃 지네 사람이 지듯
지는 꽃 보며
손가락 한 마디만큼 짧은 목숨을 다 살고

가는 부처꽃 붙들고 있는 것만이 능사가 아니어서

영영 가는, 내 사랑아

맨드라미

흰 닭을 삼 년 기르면 귀신이 된다는 속설을 아시오 담 밑
으로 흰 닭 벼슬 여럿 올라 있는 걸 보오 태양빛은 뜨겁고 살
빛 쓸쓸함이 밀려드는 때라오 아직 신조(神鳥)가 되지 못한
저 흰 벼슬꽃 때문만은 아니라오 하늘문을 오가며 인간 세상
에 뿌리를 두었지만, 말이란 상대에게 절반도 전달되지 않는
것이어서 외로웠소 꽃이 핀다는 것은, 공기의 흐름을 막았
다가, 그 막은 자리를 터뜨리면서 내는 파열음 같은 것 삶 속
깊이 목울대를 내린 토속적 영물이 내는 그 소리 흰 닭이 울
면 우주의 시간에 때가 이르렀음을 아시오 혼자이지 않아서
쓸쓸하지 않은 날들이 계속될 거라고 두 눈알을 두릭대는 무
리들 따라 기하학적으로 돌고 있는 풍향계처럼

분청사기 주자

당신이 돌아오고 있는 꿈을 꾸었습니다. 휘늘어진 버드나무 줄기 따라 참 멀리, 멀리로 갔다가 다시 돌아오고 있는 당신 가지를 꺾어 바로 꽂아도 살고 거꾸로 꽂아도 살 만큼 강해진 봄 햇살 햇살이 내리고 있었지요 햇살의 굽 안 바닥에는 백상감된 물새와 뇌문이 새겨져 있고요 아아 깨알 같은 규석 받침 흔적도 있었지요 여인의 젊음은 오래가지 않는답니다 당신이 아무리 가까이 있어도 내 몸속에 지닌 뼈 하나 나눠 가질 수 없다는 거 그 많은 뼈를 다 그러안은 채 우리는 또 그렇게 혼자 죽어갈 수밖에 없다는 거 그래요 꽉 닫힌 각자의 눈꺼풀 속에서 말이지요 버드나무 줄기 따라 당신이 돌아오고 있는 꿈을 꾸었습니다 청춘을 외로이 둘 수 없는 것도 완형 청자 빛 같은 저 햇살 때문이지요 U자형으로 둥글게 깎아 도타운 정을 나눌 시간이 머물러 있는,

돌모산당산

그대에게 가기 전

나 잠시 누웠다 가고 싶군요

햇살 좋은 들판에서

풍요와 빈곤에 대해

기쁨과 슬픔에 대해

그대가 가진 모든 역사와

신의 눈물을 사랑하여

말하지 않고 말하려고

나 잠시 누웠다 가고 싶군요

세상에 없는 문자로

먼 산 향해 늘 서 있는 그대에게

가는 길이 이쯤이면 되었다 싶을 때

만파식적*의 전설

— 언젠가 추억은,
가만히 숨죽이고 있다가 내 발뒤꿈치를 상하게 하리라

내가 다 살지 못하고 떠나온 하늘 아래

해 지면 찾아오는 치명적인 그리움

그 언젠가 한 번은 와본 듯한 세상에서

사는 게 쓸쓸하여 기댄 것이 사랑뿐이던가

호되게 늦여름을 앓고 있는 너를

너의 가파른 지붕을

온몸으로 기억하고 아파하면서

낮에 둘이었다가 밤이면 하나 된다는

귀수산 등에 자란 검은 쌍골의 대를 베어다

이제 내 안을 떠도는 열두 맥 기혈을 열고자 하네

사람의 일이란 게

때로 생각지 못한 병이 들기도 하는 것이어서

동해 한가운데 떠다니는 신라 전설의 피리 소리가

못 견디게 사무치기도 하는 것이었네

사람의 몸마디 같은 굵은 피리 소리

네 속 어디쯤엔가 다 쏟아붓고

이 세상에 한 번도 다녀간 적 없다는 듯

낮달 흰 속을 소리도 소문도 없이 떠가고 싶네

다 못 살고 떠나온 너를 으스러지게 껴안아주러

만파식적의 전설을 안고 허랑허랑 허랑한 길을

* 만파식적 : 신라 때의 전설상의 피리로, 불면 적병이 물러가고 병이
  낫는 등 나라의 모든 근심, 걱정이 사라졌다고 한다.

소쇄원에서

1

대숲을 닮았다 빗줄기마다
굵다란 마디가 있고 곁잎이 나서
내가 지금 대숲에 들었는지
빗속에 들었는지 분간할 수가 없다
그래, 사방으로 둘러 있는 빗속에서
한 번은 나도 그대에게로 휘어들고 싶은 걸까

무심히 산 아래로 흘러가버리는 대향을 아쉬워하면서
그의 등뼈가 박힌 등을 돌려
대나무 속을 드나드는 푸른 물의 소리를 듣는다
지나온 어느 하늘 아래서인가
서로 어울려 시를 쓰고 그림을 그리는 사이
어느덧 사람 속을 고조곤히 건너다닐 줄 알게 된 것이리

2

그의 심장까지 가서 나는 피가 되었다가
쓸쓸히 저녁이 되었다가

다시 숨을 들고 나와 하루를 살고
먼 미래의 페이지 없는 책을 읽어나간다

그래, 사방으로 둘러 있는 비숲에서
비처럼 쏟아져 내리는 댓잎 소리 들으며
이 생 너머의 소란을 불러오고 싶다

악공의 노래

달ᄋ 높피곰 도ᄃ샤

어긔야 머리곰 비취오시라

　손으로 짓는 병일지 몰라 서왕모의 미움을 사기에 충분한
저 깊은 병 가도 가도 사람이 보이지 않는 길 우리는 얼마나
걸어서 이곳에 당도한 것일까 생각 하나에도 공허함이 없는,
낮고 중후한 소리 스르렁 둥당 덩덩 문현(文絃)에 걸려 꼭 하
룻밤만 더 오동나무 잎새 위에 묵어 가자는, 손이 짓는 묵시
근한 사랑일지 몰라 그래 거문고 칠괘(七卦) 속에 넣어두고
한 움큼씩 따 먹은 슬픔일지 몰라 스르렁 둥당 덩덩 오동을
고르고 현을 골라 거문고 가락 잇는 악공의 노래 닿이지 않
는 오후의 묵상일지 몰라 그래 소리를 가져왔으나 소리가 없
는, 직사각의 공명통일지 몰라 가도 가도 사람이 보이지 않
는 그 길 따라 우리는 또 얼마나 걸어야 하나 스르렁 둥당 덩
덩 그 어느 생에서도 꽃 질 리 없는 서왕모의 나라로

어긔야 어강됴리 아으 다롱디리

입추(立秋)

시원한 바람 분다고 여름이 다 간 것은 아닐 거야
꽃 지고 말랐다 해서 그 나무가 죽은 건 아닌 것처럼

구름에 해가 가렸다고 저녁이 된 것도 아닐 거야
누군가 울었다 해서 슬펐던 것만은 아닌 것처럼

청자 주자에 차 한 잔 나눠 마셨다 해서
그 사람의 **뼈** 한 조각 나눠 가진 것 없듯이

소리를 찾아서

1

해가 들어오는 꼭 그만큼
집 안 깊은 곳으로 봄눈이 들이친다
떠난 계절처럼 무심히,
한 계절로 옮아가는 슬픔인 것이다
해가 들이치는 꼭 그만큼만

2

내가 네 몸을 통과해 갈 때도 그런 소리가 났을까
바람이 모아져서 원통형으로 휘돌다
문득 발걸음이 멈추어지는,
사람마다 자기에게 맞는 취구혈이 있어
입에서 나온 바람이라 하여
모두 소리를 내는 바람은 아닐 것인데
그중 너는 참 소리 내기 어려운 악기였던 게지
바람이 자꾸 엉뚱한 곳으로 새어나갔던 때문인데
내가 네 몸을 통과해 갈 때는
소리 내기에 적당한 바람이었으면 했어

칠 년 전 당신이 손에 쥐어준 청피리처럼

그리 길지 않은 세월이었으면 했던 게야

봄 하늘 어디쯤 가만 앉았다 가는 노인별이었으면,

저 먼 나라에서 지고 온 네 뼈를 짚는 소리였으면,

오래도록 네 생을 더듬는 여음이고 싶었던 게지

내가 네 몸을 관통할 때도 그랬을 게야

너에게서 나는 소리를 들으려고 온 깊이로 파고든,

황녹청자

차를 마신다는 것은 물을 보는 것이지
물이 지나치게 흐리거나 맑아도 안 되고
천 년을 산 비자나무로 만든 순장바둑판처럼
청한 소리를 지니고 있어야 하지
소리를 담는 그릇이 작아도 차맛이 귀하지 않아서
내가 네게로 다가드는 길이 멀리로만 있으니
해남 어느 이름 있는 화가가 두고 있다는
황녹청자쯤이면 내 전 생애를 실어도 될 만큼
무거운 물을 보았다 할 수 있을까
한 번은 다녀와야 할 물길을 고즈넉이 건너갔다 올 수 있
을까
하루해는 길고 밤은 너무도 짧은,

연화문바둑판

한 잎 따내면
또 한 잎 벙글어진다

벙글어진 꽃잎이
남의 집 마당에 떨어진다

저 여인의 배 속에 든 아이는
본디 내 아이였다

수성당

조간대 위에 앉아

조기 떼 우는 소리를 듣습니다

서해 바닷가 하늘 한 귀퉁이 물고

해가 집을 잡아 들어가는 게 보입니다

다 두고 돌아와

온 산이 욱신욱신 단풍 들어가는 것도

사나흘 안으로 큰비가 오려는 것이겠지요

제3부

여름

서툰 호흡으로 빈속에다 쓴 한 모금의 시,

오직 사람만이 제 목숨에 해를 가할 줄 안다고

어부의 한 칸

샛길로 드는 궁항 어디쯤이었을까

그의 사진 속 집은 한 칸이었다 한 칸이어서

우리 둘이 부둥켜안고 사랑하기 딱 좋은

그런 칸이라 생각이 들었는데

이별도 없고 부끄러움도 없는 그런 칸이라고

어쩐지 비어드는 빛도 한 칸 목숨도 한 칸

사는 길도 한 칸뿐이어서

그래 배고픔도 한 칸 눈물도 한 칸

우리 둘이 영원히 사랑하자는 맹세도 한 칸

갑오징어 배 속에 쟁여 온 항구도 한 칸

칸칸이 둘러싸인 칸들도 한 칸뿐이어서

그의 사진 속 집은 그런대로 견딜 만하다

초겨울 비어드는 빗방울도 한 칸

그걸 바라보는 하늘도 한 칸 바다도 한 칸

그래 사는 동안 한 번은 늘려보고 싶은 칸도 있었다

목숨 빛처럼 흔들리는 술병들이 치워진 자리에

아이도 낳고 손님도 들이고

무엇보다 이번 생을 다음 칸으로 옮겨놓고

쿵쿵거리는 심장도 한 칸뿐이어서
살 만한 집이었다 말하고 싶은 칸들을
가슴에 놓아 난로처럼 따스해지고 싶었다
먼 날 집이 헐려도 출렁이는 그곳에서
갑오징어 큰 갖처럼 월척으로 뛰었노라고

바닥에 피는 꽃

비 듣는 자리마다 꽃이 피고 있었다

바닥에 닿는 짧은 번뇌 꽃이 되어

꽃도 온몸으로 비 오는 소리를 내주었다

동그랗게 피었다 지고 피었다 지는

수많은 꽃잎들 세상 모든 바닥은

꽃으로 피어날 능력이 있음을

오늘 이 세상에 났으므로 오늘 알고 가야 한다고

바닥에서 핀 저 꽃은

향기도 색도 없는 저 물꽃은

가다가 구덩이를 만나면 채우고 가고

움푹 파인 자리에 마음을 되돌려놓을 줄도 안다

그 비를 다 맞고 멀리서 온 사람아

딛는 걸음마다 꽃이 되어주고

아침도 못 먹여 보낸 삶을 뭉뚱그려

찰박찰박 꽃으로 피고 있었다

제 바닥을 다 보여주고 있었다

잠

마음에 있는 얘기를 너무 많이 해서
맹독이 되어버린 것, 그것
결단코 딴 데서 오는 거라 믿었으나
애초부터 내 안에 있었던 것
하여 뼈를 뚫고라도 솟구쳐 나오려는 것, 그것
바로 그것을,
후회 없이 살아보기 위해
물도 없이 꿈을 먹고 꿈 없는 잠을 잤다
그리고 당신에게로 돌아, 돌아, 돌아가려고 했다
나는 내 골수까지 돌아가리라 생각했다

서른도 한참은 넘긴 어느 때의 일이다

마디풀

저 풀들도 대나무가 되고 싶었나 보다
마디마다 이슬이 머물다 간
아침의 짧은 고뇌가 있는 걸 보면
백 년 만에 핀다는 흰 대꽃 같은 꽃
하늘 향해 동그마니 피워내는 걸 보면

당신 무릎께 새살거리는 저 파도도
어느 날인가는 깨닫게 될지도 모르는 일
한없이 길어나는 대 마디마다 머물렀다 간
시간들이 모여 단단한 고리를 만들고
그 고리 속에 또 당신과 내가 건드리고 간
숱한 바람과 삶이 초록의 물을 길어 올리고 있음을

날 때부터 큰 키를 지고 있는 건 아닐 테지만
칸칸 마디를 늘려갈 때마다
해마다 다시 돌아오겠다는 푸른 약속을
비 오기 전 바람 속에 가만가만 놓아 먹이는 마디풀

먼 데서부터 더디게 오던 당신이 오늘은

휘몰아치며 곁가슴을 내어주고 있다

견우성의 둥근 등

견우성이 오려고 여설수(女舌樹) 꽃이 시끄러웠나
서로 마주 보고 몸을 포개서 잔다는
저 붉은 깃털 꽃이 가까이서 새살거릴 때
나는 이미 견우성 둥근 등 위에 있었다
등은 갓 낳은 알처럼 따스하고 깊어서
꼬박 스무하루 동안만
정성을 다해 품어보고 싶어지는 것이었다
밤낮 빛으로 달려 당도할 수 있던,
고작 다섯 뼘도 안 되는 넓이였지만
마음이 다하면 저절로 길이 나는 것인가
해와 달이 번갈아 오가고
사람이 사람에게 기대어지는 골이 있어
또 한참은 머무르고자 했다
조바심으로 수만 번 세우고 허물었던 탑도
그래, 이억만 년 후의 물고기 우는 소리까지도
그의 등에서 부화를 기다리고 있으므로
몸이 포개지면 마음이 따라와 눕는 꽃가지 하나 곁에 두고
새벽마다 나는 더욱 간절해지지 않을 수 없는 것이었다

태풍이 지나가던 짧은 오후

사람이 머물다 간 자리는 너무도 쓸쓸하여서
돌아서는 그의 등 뒤로 태풍이 휘몰아쳤다
등허리에 내리꽂히는 빗줄기가
유난히 휘어 있는 것도 그 때문일 거라고,
태풍이 지나가던 짧은 오후
어째서 모든 젖어 있는 것들은 더 선명하게 아픈 것인지
돌아서는 그의 등에 대고 또 물어보곤 하는 것이다

두메별꽃

그곳에 가면 유월에도 흰 눈이 내린다
몸이 따스하고 깊어야 볼 수 있는 눈
붉은 뿌리와 잎을 가지고 있어 흔들면
눈 냄새가 당신 어깨 위로 새처럼 내려앉는다
어떤 녀석은 잔 진눈깨비로 흩어지거나
누군가의 신발 속 웅크린 채 닳아 없어지기도 하겠지만
눈의 역사를 안고 유월 볕을 받으며 몽글몽글 피어 있다
받아먹으면 입안을 다치는 뼈가 있고
밟으면 녹지도 않으면서 문드러지기만 하는
저 흰 눈이 밤새 오려는지
오늘은 시계 없는 당신 빈 손목이 시큰거린다
저 먼 북극 빙하 시대를 건너와
이 땅의 산천에 유월 눈이 되어 내리는 두메별꽃

흰 살점을 털고 투둑,
무언가 살아 돌아올 것만 같으다

일일화(一日花)

사랑이 깊을수록 저리 키는 크는 것인가

심장만 한 높이로 떠서 당신 등 너머로 떠서

크고 둥근 마음을 가진 꽃에게

나는 이미 혼을 다 내어주고 없는 사람이 되었네

부엉이

나무 위에 앉아 있는 큰 눈이 보인다

칠월 첫날 그 비를 다 맞으면서도

꿈먹도 않은 채 눈이 보고 있는 것은 무엇인가

한 사내는 작업실에 틀어박혀

자신의 얼굴을 그리느라 여념이 없고

얼굴은 하나여서 지극하고

또 누군가는 제 얼굴을 찾아 먼 곳을 돌아서,

돌아서 보다 자연 가까이 가 있는

스스로를 발견하고는 집을 옮겼다

빗속에서도 움직이지 않는 저 눈은

여름철 큰 세모꼴 별들이 있는 자리에서

허옇게 머리가 세도록

부엉부엉 심지를 꺼내어 울지 모른다

눈이 듣는 소리가

비파나무 너른 잎사귀를 다 키워낼지 모른다

이슬

하늘은 언제 저렇게 많은 알을 낳아두었을까

이른 아침 풀섶을 뒤져보면

후드득, 쏟아져버릴까 애가 타서

그 옆에 조용히 나팔꽃을 피워두었지

풀잎을 갉아먹고 풀잎 색을 한 저 작은 동그라미들

야생의 무리 속에 사는 건 어디서나 힘들어

바람이 등을 곧추세우고 지나갈 때마다

어떤 녀석은 세상을 안고 떨어져 내리기도 하지만

끝내는 다시 하늘로 올라가

땅에서 들어온 모든 이야기들을 씨 주머니처럼 풀어놓겠지

생은 잔인하여

제 속으로 낳은 알을 모조리 쪼아 먹어버리기도 하는,

시가 태어나는 바다

그의 그림 속엔 바다가 있단다 섬이 있고
작은 풀들이 꽃대를 밀어 바다만큼 깊어지는
빨갛고 흰 예쁜 이름들이 있단다
그의 그림 속 섬들은 언제나 제 그림자만 한 시를 지어서
바다는 밤새 시를 읊느라 잠도 들지 않는단다
물새들도 그 소리 듣느라 날개를 재우고
작고 볼품없이 바다 가운데 뜬
눈만 까만 시인의 마음을 헤아린단다
그의 그림 속엔 바다가 살고
멀고 가까운 사람이 사는 마을까지
밤새 읊다 만 시어들이 찰싹찰싹 반짝인단다
행간의 숨은 고뇌를 아는 바람도
밀어올린 꽃대만큼 커서는
빨갛고 흰 예쁜 이름들을 되뇌인단다
시인을 사랑하는 그림이 된단다

여름 이야기

돌 속으로 들어가

그가 그린 그림의 소리를 듣는다

풀이 자란 만큼 여름이 깊어갈 때

짐승이 웅얼거리는 것처럼

철썩, 그의 그림에서 파도 소리가 들린다

사람이 사람에게 기대 사는 소리가

섬을 다녀가는 새 무리들 발자국으로 남아

제 털이 다 빠지도록

하늘에 달을 낳아 기르는 바다

어미의 심정이 그의 그림 속에서

또 한 번 나를 낳느라 고뇌하고 있다

나는 돌 속으로 들어가 섬이 되기 위해

나를 더 잘게 부수어댔지만

월명암 배롱나무도 첫 꽃을 피워 올릴 때

파도 소리를 내는 그의 그림은 사람 냄새와 가깝게

죽음과는 더 가깝게 있다

나이가 들수록 정겨움이 많아지는,

세월이 짐승처럼 웅얼거리며 사람을 그리워하고 있다

박방영, 〈여름 이야기〉

허성(虛星)이라는 별이 뜰 때

꽃이 피었다는데 왜 배가 고플까

달이 저리도 둥근데 다리는 자꾸 야위는 걸까

팔랑거리며 날아오는 저 나비를 잡아먹고

독한 솔잎까지 뜯어 먹고 나면 그립지 않을까

네 속에는 입맛 도는 삶이 있는 줄 알았다, 고

무심히 드나든 속을 잡혀보기도 하지만

굴풋한 눈 속에 머물렀다 가는 밤하늘만 있네

꽃이 피었다는데 왜 살이 안 찰까

달이 저리도 둥글어 꽃판 위에 앉기만 해도

허리가 휘어 일어설 수 없다, 고

목에 얹힌 너를 돋우어 뱉어야 하는 일이

지금 발등 위에 허성으로 떨어져 있네

저 별이 움직여 흔들리면 죽는 이가 많아진다, 고

무상한 안부

봄 환절기 땐 사람이 자주 떠난다고
녹매화 벙그는
서해 어디 이름 모를 마을 뒷산으로 가서
멀쩡했던 사람도 쓰러져 눕는다고
그렇게 조금씩 곁이 비어
생이 더욱 허적해진다고
끊임없이 위독한 바람은 불어와
한 깊은 영혼들은
서해 어디 이름 모를 마을 뒷산으로 가서
연초록 녹매화로 다시 피어난다고
덜컥 내려앉은 심장을 추키며
저마다의 일생을 살기 위해
별수 없이 산 것들은 무릎을 편다고
봄 환절기 땐
세월도 사람을 기다려주지 않는다고
또 그렇게 무상한 세월은 가는 거라고

등

내게도 등이 있었다는 걸

오늘에야 알게 되었다

늙은 어머니를 등에 업어보고서야

제4부

가을

흰 새가 날아오는 쪽에서 가을이 오고 있다
살던 곳의 바람을 죄다 안고서

딱 한 가지씩만 용서하며 살고 싶다

시월

찬바람 불면서 물이 고여들기 시작한다
몇 새들이 저 날아온 하늘을 들여다보기 위해
물 깊어지는 나뭇가지에 날개를 접고 내려앉는다
생숨을 걸어서라도 얻어야 할 것이
세상에는 있는 것인가, 곰곰 되작이면서

그래 사랑할 만한 것이 딱 하나만 있어라

9월

비 오지 않는데도 빗소리가 납니다

산 능선 따라 흰 억새꽃 피워놓고

밥 한 그릇 먹고 마시는 물처럼

그대 있는 곳에서 후적후적 빗소리가 납니다

비는 흘러가도 빗소리는 남아

내내 성가신 가을비 소리가 납니다

외로움도 저만치 흔들렸으면 좋겠습니다

능가산

제 영혼을 바치고

사람이 된 산

눈과 코와 입과

쓸모도 없는 귀를 떼어주고

얼굴을 얻게 된 산

지나온 저녁 어딘가

아내도 두 아이들도

다아 내어주고

비로소 사람이 된 산

맹독을 가진

독사가 사는 세월 속엔

반드시 해독제가 있어

스스로 짐승처럼 영험해진,

똬리 틀고 앉아 있는

저 혼자의 무게였는지도

구절초

얼마나 보고 싶었으면 아홉 번을 굽이도나
가을볕이 꼭 저 누울 자리만큼 짧아져 있을 때
얼마나 애가 탔으면 속불을 끌어올려
입이 바트도록 호롱새는 울지도 않나
봄 가고 여름 가고 구월이 되어서야
계절 끝에 매달려서 온 저 꽃은
꼭 너를 살릴 만큼의 독성을 안고
호롱호롱 호롱새처럼 큰 약이 되려 하나
먼저 피었다 간 꽃은 어느 산 아래 묻히고
오랜 기다림 끝 구절초는 기다림이 약이 되어
네 베갯잇 속에서 앓던 두통을 거두어줄 것인데
얼마나 다가가고 싶었으면
아홉 번 꺾이면서도 꽃이 되려 하나
약으로라도 꽃이 되고 싶어하나

마당

사람이 없는 것보다 짐승이 없는 게 더 허전하다

풍경

몸에 비늘도 없는 것이 눈만 뜨고 살았네

몇 년을 절집 처마 밑 풍경이 되어
산속에서 바다를 부르며 살았네
처마 위로 올려다보면 파란 하늘이 물결을 일으켜
바다도 꼭 저런 빛깔일 거라고,
땡그랑 땡그랑 몸에 새겨 넣곤 했네

잠에 들면 행여 바닷물 들었다 그냥 갈까 봐서
눈꺼풀도 지우고 기다림도 지우고
새가 되면 만 리를 난다는 곤이라는 물고기 꿈을 꾸며
나를 부르는 모든 이름들을 데리고
이 세상 아닌 곳을 미친 듯 다녀오기도 했네

어느 날 문득 부처가 우담바라화를 손에 들고
가만한 웃음으로 땡그랑 땡그랑 물을 건너줄 때까지

노인

된서리 맞은 감 두엇 떨어진다

누가 시키지 않아도
저 누울 자리를 스스로 찾아가는 거

늙는다는 건 그런 것이다

그런 것이다, 남은 시간만큼이나
정 붙일 곳이 마땅치 않아지는 거
오랫동안 지켜왔던 제자리를 비워줘야 한다는 거
한 번 눈을 준 곳에서 시선을 거두는 시간이
점점 길어진다는 거

마늘꽃

마늘 한 망 사들고 오는 어스름이 있다

육 쪽으로 쪼개지지도 않으면서
바라보면 그저 눈물이 나는
맵지도 않으면서 속으로만 울음이 드는
땅을 돋워주지 않았는데도 알이 여물어서는
붓을 쥔 손마디마다 꽃으로 피어나네

마늘 향이 썩은 어금니 하나를 골라내는 저녁

비

언젠가 이곳을 다녀간 적이 있었던 게지
빈집에 사는 사람 같은 추운 얼굴을 하고
현생을 살고 있는 저 수직의 힘은
내가 다니던 꿈속을
어성초꽃 피는 길목을 그리고 집 밖을
나가서 십이 년 동안 떠돌다
다시 돌아오고 있는 저 비릿한 쇳소리는
한 번은 사람으로 한 번은 허공으로
오만 년 운수를 지녀서 온 신의 대자는
대릉원 솔숲에 큰 황소울음 쏟아놓고
이곳을 다녀간 흔적도 없이
가버린 수직의 얼굴이었던 게지
꺾어지는 마디가 더욱 아름다운 굴절이었던 게지

떠도는 일기

나를 격노시키는 그날의 끝을 보는 것,

하늘의 고요한 푸른빛 속에서

너무도 냉랭한 삶의 그늘 속에서

속수무책 무너지는 내 존재의 파편을 보는 것,

미처 기록해두지 못한 행간에는

한결 수월하게 다시 저질러질 수도 있는,

바람 서늘한 일들이 숨어 있어

마치 죽은 사람을 흔들어보듯

내 앞에 뉘어 있는 시간을 흔들어보는 것,

아무리 애를 써도

나를 막무가내로 혼돈시키는 것,

하여 머뭇거리는 스스로를 끝내 부스러뜨려놓고

예고 없이 불현듯 떠나는 것,

떠나기 위해 다만 떠나는 것,

더 써내려갈 것도 없이

페이지가 뜯겨져나간 하루를, 수많은 다음 날들들

이쯤에서 나는 덮어버리고자 하는 것,

젊어서 죽은 내 아버지를 따라

어쩔 수 없이 내 일기는 떠돌 운명이라는 것,

등 뒤

견딜 수 없는 것들은

왜 모두 등 뒤로 지나가는가

계절의 잎겨드랑이쯤에서나 피어나는

고마리 흰 꽃잎같이

돌자갈 위로 흐르는 대낮같이

그걸 바라보는 눈에 어쩌면 전생같이

봄

내 속에 살아 있는 것들이 환절기를 앓는다
심장에 생강편 한쪽 물려 있는 듯
맵고 아린 통증이 되살아와
검고 우울한 표정으로
나를 넘어다보고 있는 오후의 시간 속에서
나는 자주 죽어가는 사람의 공포를 느꼈다
집 앞 홍매화 속을 가만히 들여다보면
누가 다녀간 지 오래된 낮은 문턱마다
빈방의 정적이 깊고
간혹 그 깊이만큼 배가 고파지기도 했으나
어차피 혼자 먹는 밥은 살로 가지 않았다
그럴수록 공기 속에 들어 있는 어떤 무서운 존재가
어깨를 무겁게 찍어 눌러
나는 한 십 년쯤 묵은 기침을 돋우어냈는데
내 살빛 한 점씩 바래가는 오후의 시간 사이로
비스듬히 걸어오는 저,
저 새파라니 젊은 사람은 누구인가

바다

바다로 흘러드는 게 어디 빗물뿐이랴

산 넘어온 어제의 지친 바람도

저녁이면 몸을 닿는 저 산 그림자도

바다로 가 한 번은 저를 놓는 연습을 하지 않던가

그래, 무엇이든 그리운 게 많아지는 나이의 사람들

어느 바윗골에선가 물방댕이가 된 그들의 꿈들도

바다를 안고 출렁출렁 저물어가겠지

그리고 바다가 끝이 아님을 알게 된 것들은

다시 한 번 빗줄기 타고

이 생 바깥으로 훌쩍 건너가보는 거겠지

푸르른 날이 많아도

짠 속이었다는 걸 그곳에서도 알게 되겠지

솔섬

검푸른 황소 한 마리 살고 있는 바다에 간다
밤이면 별들 내려와 큰 눈으로 꿈먹이고
집짐승도 아닌 것이 머리를 치켜들고 우는,
굴곡진 소잔등에 달도 쉬어가는 바다
그리운 게 많은 것들은 여러 개의 위장을 갖고 사나
해안가 솔숲에 머리 흰 비가 내리면
바다는 또 한낱 꿈 같은 것을 그리워하는 것이다
그리워서 목이 다 쉬었다
사람도 서로 떨어져 있으면
바다가 된다
바다가 되어 황소울음을 운다
사랑이 늦은 저녁까지 돌아오지 않을 때면
더 큰 울음을 삼키며 처엉청 처엉청 느릿한 걸음으로
머리를 치켜들고 짐승의 소리를 내어보는 것이다

그 울음소리에 잠자리를 뒤척이며 나는,
밤새 말 못 하는 짐승의 소리를 다 배운 것 같으다

밤눈

스스로 살아남는 법을 아는 것이겠지

조용히 다가와 옴팍한 곳에 몸을 도사리는 것이

빈속에다 쓴 한 모금의 시

문 신

크고 둥근 마음을 가진 꽃에게

나는 이미 혼을 다 내어주고 없는 사람이 되었네
— 「일일화(一日花)」 부분

1.

턱을 치켜들고 허공을 바라보는 시인은 예언 같은 시를 쓰고,
고개를 돌려 지나온 자취를 더듬는 시인은 삶을 기억하기 위해 시
에 굴복하는 것처럼 보인다. 그리고 이마를 숙이는 시인도 있다.
그들은 그런 자세로 자기의 내부를 들여다보는 시인이다. 이런 시
인들은 바라보지 않고 돌아보지 않고 다만 들여다볼 뿐이다. 심연
(深淵)이라는 욕망의 물낯에 드리워진 자기 표정을 확인하듯, 자
기의 눈으로 오롯하게 들여다볼 때 심연의 무늬는 읽힌다.

김형미의 시를 읽는 일도 마찬가지다. 그의 시에서 멀리 내다보는 낯선 기척을 발견하기는 좀처럼 쉽지 않다. 그는 뒤에 남겨두고 온 어떤 것을 들추어내지도 않는다. 바라보거나 돌아보지 않는다는 말이다. 그렇다면 남는 것은 들여다보는 것. 그러나 들여다보는 것은 단순히 드러나는 것을 보아내는 것과는 다른 행위다. 드러나지 않은 어떤 것을 드러날 수 있도록 열어놓는 일이 보아내는 행위에 선행되어야 한다. 들여다보는 일은 시선(視線)의 문제가 아니라 심선(心線)이 닿아야 한다는 말이다(심선에 닿는 일을 마음씀이라고 말하기도 한다). 시인이 들여다보는 내부에는 외부와 격절되는 벽이 있기 마련인데, 벽의 임무는 외부의 시선을 가차 없이 튕겨내는 일. 그렇기 때문에 벽에 (창)문을 만들고 그 문을 열어젖히는 사전 작업이 필요해진다. 심선, 즉 마음씀은 그러한 수고를 마다하지 않는다.

하이데거는 마음씀(sorge)을 세계-내-존재의 본질, 즉 존재의 근본 구조라고 설명한 바 있다. 이 마음씀으로 해서 우리는 우리가 살아가는 세계의 구조를 이해하고, 그 세계를 살아가는 우리 스스로를 알게 된다는 것이다. 그렇기 때문에 자기 내부를 들여다보는 일은 마음씀으로부터 시작할 수밖에 없다. 물론 이 마음씀이 불안으로부터 개시된다는 점을 우리는 안다. 불안은 내면의 문을 여는 원인이면서 때로는 내부로 들어가는 문 자체가 된다. 단단한 내부의 벽에 균열이 발생하는 것도 이 같은 불안의 속성 때문이다. 그런 의미에서 김형미가 "저 눈은 영혼이 들고나는 통로"(「등대」)라고 선언한 것은 탁월한 발견으로 보인다. 눈은 이미 세계를 향해 열린 주체의 틈이자 균열이기 때문이다.

2.

'내부'이거나 '내면'이거나 '속'이거나, 특별히 강조하지 않는다면 일상 어법에서 굳이 가려 쓸 이유는 없다. 그러나 말의 기척을 남달리 따지는 시에서라면 사정이 달라진다. 내부가 공간적 폐쇄성을 내세우고 있다면, 내면은 그 공간이 압축된 접면이라는 인상을 준다. 반면 속은 모호해진다. 속은 '안'과도 다르다. 속이라는 말에서 우리는 안 혹은 내부의 '중심'을 감지한다. 더이상 내/외부의 경계를 분할할 수 없는 원초적인 지점을 우리는 속이라고 한다. 속이 확산하면서 외부와의 접면을 형성하고, 바로 그 속으로부터 안과 내부가 만들어진다.

검은 먹을 치는 묵화를 볼 때마다

사는 일이 흰 것과 검은 것 너머에 있는 듯하여

나는 자주 닥나무 꽃 피는 쌍계사 팔상전을 서성이다 오곤 한다

한 나무 위에 올라앉은 몇 새들처럼

승속이 하나로 머물러 있는 묵화 속에는

내 생의 어느 때 만난 당신과의 인연이 있고

이 생과 저 생이 다를 것 없이

지금 붓끝 안에서 이어지고 있는

늦어진 호흡이 있음을 안다

지극히 제 죽음 속을 들여다본 자들은

먼 곳을 다녀와본 자들은

저 검은 먹색으로 피었다 지는 억겁의 생을

아무렇지도 않은 듯 신발 속에 두고

홀연히 몸을 일으켜 떠나버릴 수도 있음을

—「묵화」 전문

　이 시에는 "속을 들여다본 자들"이 있다. 그들이 들여다보는
것은 "죽음"이 아니라 그 "속"이다. 이 시의 전반부는 그들이 들
여다본 '제 죽음 속' 풍경으로 읽히는데, 거기에는 "흰 것과 검은
것 너머에 있는 듯"한 삶이 있고, "승속이 하나"여서 "이 생과 저
생이 다를 것 없이" "늦어진 호흡이 있"다. 흰 것/검은 것, 승/속,

이 생/저 생 등 죽음 바깥의 풍경으로 익숙하게 보아 온 대립 쌍들이 죽음 속에서 초월하고(너머) 통합하며(하나) 결국에는 동화되고(다를 것 없는) 있는 것이다. 그 속에 "억겁의 생"이 "검은 먹색으로 피었다 지는" 무한 순환의 생명력이 있다. 그리하여 그것들이 하나의 생명임을 자각하는 순간 각자의 운명을 찾아 떠나야 하는 시의 섭리가 실현된다. 즉, 시는 "홀연히 몸을 일으켜 떠나버"리는 것. 그리하여 "저만의 고독 속으로 뙤똥하게, 숨어"(「산도라지」) 들어 "고요하게 제 안을 소요"(「산」)할 때마다 "달의 손금은 조금씩 제 명을 바꾸어/쇄골 가득 시를 쟁여 가을로 떠날 채비를 하"(「묵꽃」)게 만든다.

중요한 것은 떠나는 행위가 아니라 떠나는 순간의 마음씀이다. 떠남의 순간이 되면 모든 시간은 정지하고 모든 중력은 마비되며 모든 시선은 방향을 놓친다. 떠나는 자가 서 있는 곳은 세계의 원점(原點)이 되고, 그 순간에 떠나는 자는 가야 할 곳이 아니라 자기가 딛고 선 원점을 응시하게 된다. 이 원점은 "비어 있으면서 비어 있지 않은 공명음"(「능으로 가는 길」)의 세계이다. 이 세계는 없음과 있음이 분화되지 않았고, 무질서를 내적 질서로 구축하고 있는 세계이다. 그렇기 때문에 주(主)와 객(客)의 분별이 나타나지 않은 상태에서 모든 것은 서로를 향해 충격하고 충돌한다. 이 충돌과 충격을 김형미는 함께 움, 즉 '공명'의 순간으로 포착한다. 이 무분별한 소리의 충돌과 얽힘을 원점에서 응시함으로써 김형미는 소리의 연원을 추적해간다. "비 오지 않고 바람 불지 않는 조용한 밤에는//기장 아홉 대궁이 다 한 마디로

된 소리를 한다"(「기장」), "조간대 위에 앉아//조기 떼 우는 소리를 듣습니다"(「수성당」)에서 보듯, 소리야말로 존재의 가장 내밀한 곳에서 가장 날것의 숨으로 밀려나오는 것이기 때문이다.

1
해가 들어오는 꼭 그만큼
집 안 깊은 곳으로 봄눈이 들이친다
떠난 계절처럼 무심히,
한 계절로 옮아가는 슬픔인 것이다
해가 들이치는 꼭 그만큼만

2
내가 네 몸을 통과해 갈 때도 그런 소리가 났을까
바람이 모아져서 원통형으로 휘돌다
문득 발걸음이 멈추어지는,
사람마다 자기에게 맞는 취구혈이 있어
입에서 나온 바람이라 하여
모두 소리를 내는 바람은 아닐 것인데
그중 너는 참 소리 내기 어려운 악기였던 게지
바람이 자꾸 엉뚱한 곳으로 새어나갔던 때문인데
내가 네 몸을 통과해 갈 때는
소리 내기에 적당한 바람이었으면 했어
칠 년 전 당신이 손에 쥐여준 청피리처럼
그리 길지 않은 세월이었으면 했던 게야
봄 하늘 어디쯤 가만 앉았다 가는 노인별이었으면,
저 먼 나라에서 지고 온 네 뼈를 짚는 소리였으면,

오래도록 네 생을 더듬는 여음이고 싶었던 게지
내가 네 몸을 관통할 때도 그랬을 게야
너에게서 나는 소리를 들으려고 온 깊이로 파고든,

　　　　　　　　　　　　　　　— 「소리를 찾아서」 전문

　모든 소리는 "몸을 통과해 갈 때" 공명하기 시작한다. 통과하
는 일은 무질서로부터 질서를 만드는 일. 질서가 유기적인 결합
을 통해 스스로 작동하는 원리라는 점에서 통과하는 일은 새로
운 삶의 법칙을 획득하는 일이다. 이렇게 통과하는 행위의 원초
적 상징성에 관해 우리는 견고한 세계를 형성해왔다. 모든 탄생
에는 통과해야 하는 관문이 있고, 이 관문은 마치 시련처럼 주
어져 있으며, 이 관문을 통과한 자에게만 새로운 소리를 부여해
왔다. 그러므로 탄생은 곧 소리의 시작이다. 너와 나의 만남도
예외는 아니다. "내가 네 몸을 통과"하기 전에 두 존재자는 무질
서한 공명 상태였다. 그러다가 "바람이 모아져서 원통형으로 휘
돌다/문득 발걸음이 멈추어지는," 지점에서 두 존재자는 서로의
소리를 확인하고자 한다. 이 확인 절차는 "사람마다 자기에게
맞는 취구혈이 있"는 것처럼, 모든 존재자는 스스로의 고유성을
지녔기 때문이다. 그러므로 소리를 발견하고 소리를 확인하는
일은 "내 안을 떠도는 열두 맥 기혈을 열"(「만파식적의 전설」)어 "사
람 속을 고조곤히 건너다닐 줄 알게"(「소쇄원에서」) 되는 일이다.

　김형미는 이번 시집에서 유독 소리 이미지를 반복적으로 만
들어내고 있다. "고대 히말라야 산에서 날아온 저 새는/울음소

리가 저리 아름다워도 되냐"(「가릉빈가」), "투덕투덕 귀얄문 새겨지는 소리가 이승의 밤길을 묻는다"(「가을이 오기 전부터」), "지공(指空)의 안과 밖이 밝았다가 어두워지는/회청색으로 발색된 서쪽의 지저귐을"(「피리새」), "천 년을 산 비자나무로 만든 순장바둑판처럼/청한 소리를 지니고 있어야 하지"(「황녹청자」) 등 다채로운 소리의 비경(祕境)을 답파하다 보면, 이 모든 소리의 원점에 바람이 있다는 걸 알게 된다. 김형미는 이 바람을 응시한다. 그러고는 이렇게 결론 맺는다. "우리가 산다는 건 결국/내 안에서 나를 찾다 가는 바람이런가"(「부처꽃」). 이 바람의 이미지는 곧장 숨결의 한 전형으로 읽히는데, 최초의 바람이 절대자의 숨결이었던 것처럼 이 날것의 호흡 속에서 만물은 첫눈을 뜬다. 김형미는 그렇게 눈뜬 사물의 무늬를 시의 언어로 탁본해냄과 동시에 "삶 속 깊이 목울대를 내린 토속적 영물이 내는 그 소리 흰 닭이 울면 우주의 시간에 때가 이르렀음을"(「맨드라미」) 선언한다. 이 선언이 "서툰 호흡으로 빈속에다 쓴 한 모금의 시"(「여름」)라고 우리는 말할 수 있다.

3.

그렇다면 서툴게 써내려간 '한 모금의 시'는 무엇을 말하고자 하는가? 시가 감각과 사유의 충격으로부터 어느 정도 스스로를 진정시키고자 하는 주문(呪文) 같은 것이라면, 우리는 동의할 수 있을까? 어떤 충격은 그 자체로 감각을 마비시키기도 하지만,

많은 경우에 시적 감각과 사유로부터 발생한 불꽃은 머지않아 한 줄기 연기로 희미해지고 만다. 흔히 말하는 시적 충격은 불꽃처럼 허무하게 소진되고 남는 건 연기로 가득 찬 우리 내부의 아우성뿐이다. 시가 겨냥하는 것은, 그러므로, 불꽃이 아니라 부유하는 연기들이며, 그렇기 때문에 '한 모금의 시'는 시인들의 내부에 갇혀 유동하는 감각과 사유의 잔상이 된다. 그런 까닭에 한 편의 시는 한 컷의 잔상에서 현상해낸 시대의 표정이 되기도 한다.

> 샛길로 드는 궁항 어디쯤이었을까
> 그의 사진 속 집은 한 칸이었다 한 칸이어서
> 우리 둘이 부둥켜안고 사랑하기 딱 좋은
> 그런 칸이라 생각이 들었는데
> 이별도 없고 부끄러움도 없는 그런 칸이라고
> 어쩐지 비어드는 빛도 한 칸 목숨도 한 칸
> 사는 길도 한 칸뿐이어서
> 그래 배고픔도 한 칸 눈물도 한 칸
> 우리 둘이 영원히 사랑하자는 맹세도 한 칸
> 갑오징어 배 속에 쟁여 온 항구도 한 칸
> 칸칸이 둘러싸인 칸들도 한 칸뿐이어서
> 그의 사진 속 집은 그런대로 견딜 만하다
> 초겨울 비어드는 빗방울도 한 칸
> 그걸 바라보는 하늘도 한 칸 바다도 한 칸
> 그래 사는 동안 한 번은 늘려보고 싶은 칸도 있었다
> 목숨 빛처럼 흔들리는 술병들이 치워진 자리에

아이도 낳고 손님도 들이고
무엇보다 이번 생을 다음 칸으로 옮겨놓고
쿵쿵거리는 심장도 한 칸뿐이어서
살 만한 집이었다 말하고 싶은 칸들을
가슴에 놓아 난로처럼 따스해지고 싶었다
먼 날 집이 헐려도 출렁이는 그곳에서
갑오징어 큰 갖처럼 월척으로 뛰었노라고

— 「어부의 한 칸」 전문

　이 시에서 "한 칸"이 불러일으키는 상상력은 그것의 지시적
의미가 상기하는 고립성과 폐쇄성을 압도하면서 삶의 역설을
쏘아 올린다. 한 칸을 인식하는 순간 시인의 (자)의식은 오히려
칸을 구획하는 경계를 도발하고 싶은 욕구에 사로잡히는 것이
다. 모든 것들이 한 칸으로 스스로의 존재 의의를 마름질하는
순간에도 시인의 시야는 경계를 추월하는 도약과 경계 위에 서
고자 하는 비약을 허공에 그려낸다. 그것은 스스로 한 칸에 유
폐당하지 않겠다는 의지의 피력이다. 생은, 적어도 우리가 아
는 한에 있어서, 그러한 의지로 연명해간다. 모든 의지들은 시
간에 휩쓸리지 않고, 느리지만 방향을 잃지 않으면서, 맞부딪치
는 힘을 거스르는 파동을 만들어내는 것이다. 따라서 이 시에서
'한 칸'은 '한 생'으로 바꾸어 읽어도 무리가 아니다. 상징적인 의
미에서 우리의 일생은 처음과 중간과 끝이 있는 한 칸의 완벽한
구성처럼 보이기 때문이다. 그러나 '생'이 연속성과 지속성의 끄
트머리에 도래할 시간의 깃발을 운명처럼 나부끼게 한다면, '칸'

은 순환성과 고립성을 전면에 내세워 돌아보고 기억하기 위한 성찰의 거울을 포석으로 놓는다.

김형미는 이와 같은 '칸'의 상상력을 통해 세계에 누적된 시간의 지층을 시적 주체의 운명으로 귀속시킨다. "그의 사진 속 집은 한 칸"이라는 발견에서 시는 출발하고, 한 칸에 갇혀 순환하고 있는 기억을 주체의 삶으로 소환하면서 시는 끝난다. 중요한 것은 한 칸이 주체의 속에서 발견된다는 사실이다. 속이 단순히 내부나 내면을 지칭하는 것이 아니라는 점은 이미 밝혀두었지만, 거듭 말하자면 속은 들여다보는 지점이고 응시되는 지점이라는 점에서 시선 주체에 포착된 성찰의 좌표와 같다. 그렇기 때문에 사랑과 이별과 목숨과 심장과 가슴 같은 삶의 총체적 파국을 "살 만한 집"이었다고 말할 수 있다. 삶으로 충만한 한 칸을 위해 모든 존재는 자신의 온 생애를 걸고 소용돌이쳐온 것이다. 소용돌이치는 속에서 한 칸은 "난로처럼 따스해지고 싶"은 생명을 입증하고자 한다. 그럴 때 "먼 날 집이 헐"리는 순간, 다시 말해 한 칸의 격벽이 무너지고 칸의 경계가 소멸되는 최후의 순간이 오더라도 우리의 삶은 '한 칸 속'에서 역사적인 순환을 거듭할 것이라는 전망에 닿는다. 이 전망 속에서 우리가 아는 모든 생명 현상은 욕망과 절망을 자신에게 귀속시키며 무한 증식하는 한 칸이 된다.

한 잎 따내면
또 한 잎 벙글어진다

벙글어진 꽃잎이
남의 집 마당에 떨어진다

저 여인의 배 속에 든 아이는
본디 내 아이였다

—「연화문바둑판」 전문

　이 시에서 "한 잎"은 '한 칸'의 변주이고, 그 칸이 "저 여인의
뱃속에 든 아이"로 모습을 바꾸고 있다. 한 칸의 변주 형태는 시
집 곳곳에서 발견된다. "그래, 이억만 년 후의 물고기 우는 소리
까지도/그의 등에서 부화를 기다리고 있으므로"(「견우성의 둥근
등」)에서 '물고기 우는 소리'도 한 칸으로 존재하고, "나는 돌 속
으로 들어가 섬이 되기 위해/나를 더 잘게 부수어댔지만"(「여름
이야기」)에서 '섬'도 칸의 다른 모습이 된다. 그것들은 "땅을 돋워
주지 않았는데도 알이 여물어서는/붓을 쥔 손마디마다 꽃으로
피어나"(「마늘꽃」)는 '알'처럼 삶의 생동감으로 잔뜩 곤두서 있다.
왜 하필이면 한 칸의 삶에 그토록 열망하고 열중하고 열심이어
야 할까? 그것은 그 칸이야말로 "본디 내 아이였"기 때문이 아닐
까? 주체가 들여다보고 있는 속에서 발견한 한 칸의 존재론적
가능성이 '아이'로 상징화된 새로운 생명이라는 것. 그럼으로써
김형미는 한 칸의 폐쇄성을 초월해버린다. 개인의 삶은 한 칸으
로 완성되지만 삶 자체는 새로운 생명을 반복적으로 점지함으
로써 무한하게 연장되는 것이다. 한 칸에 유폐됨으로써 소멸해

버리는 존재의 부재 속에서 부재하는 존재 즉, 아직 태어나지 않은 뱃속에 든 아이를 들여다봄으로써 김형미는 "내 속에 살아 있는 것들이 환절기를 앓는"(「봄」) "미처 기록해두지 못한 행간"(「떠도는 일기」)을 돌파해간다.

4.

이제 김형미가 들여다보는 속의 정체가 조금 선명해지기 시작했다. 눈치챘겠지만, 김형미는 삶과 죽음 사이, 운명과 우연 사이, 어제와 오늘 사이, 나와 너 사이, 주어와 서술어 사이, 하늘과 땅 사이 그리고 시와 시 아닌 것 사이를 시적 응시의 대상으로 삼고 있다. 그것은 철(凸)과 철(凸) 사이에 존재하는 요(凹)의 세계를 발견하는 들여다보기다. 오목한 요에서 모든 생명이 배태되고 삶의 가능성이 잉태된다는 김형미의 상상력은 니체의 '디오니소스적인 것'을 떠올리게 한다. 끊임없이 유동하고 변화하는 생명력이자, 만물의 차별을 극복하고 하나가 되는 도취와 황홀경, 그리고 사지가 찢기는 죽음을 극복하고 부활하는 불멸의 생명력을 상징하는 디오니소스적인 것을 통해 김형미는 "바닥에 닿는 짧은 번뇌 꽃이 되어/꽃도 온몸으로 비 오는 소리를 내주"(「바닥에 피는 꽃」)는 최저의 세계에 안착한다. 그런 의미에서 김형미의 시는 요의 세계로부터 "흰 살점을 털고 투둑,/무언가 살아 돌아올 것만 같"(「두메별꽃」)은 찬가에 가깝다. 물론 이때의 찬가는 주연(酒宴)의 복판에서 벌어지는 디오니소스적인 것

을 말한다. 마비된 이성과 열린 시야의 환각으로 빚어낸 요(凹)
의 언어들이 마음껏 휘발하는 그것을 김형미는 바람의 주술처
럼 풀어내는 것이다. 그것들은 "애초부터 내 안에 있었던 것/하
여 뼈를 뚫고라도 솟구쳐 나오려는 것"(「잠」)으로, 김형미에게 그
것은 시라는 구체적으로 조작된 삶의 방식이 된다.

> 그의 그림 속엔 바다가 있단다 섬이 있고
> 작은 풀들이 꽃대를 밀어 바다만큼 깊어지는
> 빨갛고 흰 예쁜 이름들이 있단다
> 그의 그림 속 섬들은 언제나 제 그림자만한 시를 지어서
> 바다는 밤새 시를 읊느라 잠도 들지 않는단다
> 물새들도 그 소리 듣느라 날개를 재우고
> 작고 볼품없이 바다 가운데 뜬
> 눈만 까만 시인의 마음을 헤아린단다
> 그의 그림 속엔 바다가 살고
> 멀고 가까운 사람이 사는 마을까지
> 밤새 읊다 만 시어들이 찰싹찰싹 반짝인단다
> 행간의 숨은 고뇌를 아는 바람도
> 밀어올린 꽃대만큼 커서는
> 빨갛고 흰 예쁜 이름들을 되뇌인단다
> 시인을 사랑하는 그림이 된단다
>
> ─「시가 태어나는 바다」 전문

　시인들이 저마다 독자적인 시론을 감추고 있는 것처럼, 김형
미에게도 남들과 분별되는 시적 지평이 있다. 이 시에 그 내밀

한 비밀이 숨겨져 있는데, "행간의 숨은 고뇌"에서 결정적인 단서를 확보할 수 있다. 여기서 말하는 '행'을 우리는 앞서 철(凸)로 바꾸어 말한 바 있다. 주목의 대상이 되는 돌올한 것들이 행 혹은 철의 세계를 형성하는데, 주로 언어의 명사적 용법에 편승하여 그 세계는 현상된다. 그에 비하면 '간'은 요(凹)에 해당하는 은폐된 세계이다. 이 세계는 명사와 명사 사이에서 두 세계를 잇거나 절연하는 데 치중한다.

이 시의 도입부는 김형미 시의 발생론적 맥락을 증거하는 사례처럼 읽힌다. 우선 '작은 그림 속'에 '바다'가 있고 그 바다에 '섬'이 존재한다. 그 섬에는 또한 '이름들'이 있는데, 그 '이름들'은 "작은 풀들이 꽃대를 밀어 바다만큼 깊어지는/빨갛고 흰 예쁜" 이름들이다. '그림 속 〉 바다 〉 섬 〉 이름들'로 응시의 초점이 심도를 얻어가는 과정에서 갑자기 이름들을 수식하는 색채 이미지가 등장하는데, 우리는 이 '빨갛고 흰 예쁜'이라는 주관적 시선에 사로잡힌 이름들에 주목한다. 시는 이 이름들을 호명하고 존재를 증명하는 방식으로 전개될 것 같은 예감을 준다. 물론 그 예감은 충분히 충족된다. 4행에서 그 이름들은 시의 다양한 페르소나(persona)라는 점이 암시되는데, 이 지점에서 「시가 태어나는 바다」는 김형미의 시론으로 읽히기에 손색이 없다. 이를테면 김형미에게 시는 "작은 풀들이 꽃대를 밀어 바다만큼 깊어지는" 순간에 대한 인간적 고뇌를 반영하는 다양한 표정들(persona)이다. '바다'라는 삶의 지평에서 개체인 '섬'이 피워낸 꽃대가 오히려 자기 존재의 근원인 '바다'와 동일한 지평을 구성할 때, 역설적으로 새로운 세계 지평으로서 시가 태어난다는 것이다.

따라서 우리는 '그림 속〉바다〉섬〉이름들 = 바다'라는 새로운 구도를 그려낼 수 있다. 여기서 아직 해명되지 않은 '그림 속'을 보다 구체적으로 검토해볼 필요가 있다. 다행인 것은 1행에서 제시되었던 '그림 속' 구도가 9행에서 다시 한 번 제시되고 있다는 점이다. "그의 그림 속엔 바다가 살고/멀고 가까운 사람이 사는 마을까지/밤새 옳다 만 시어들이 찰싹찰싹 반짝인"다는 진술 속에서 우리가 주목해야 하는 것은 '그의' 그림 속이 암시하고 있는 응시 주체의 존재이다. 바다와 섬과 꽃대와 시가 모두 '그의 그림 속'에 존재한다. 이때 '그림 속'은 주체가 응시하고 있는 자기 삶의 한 칸에 해당한다. 시가 개인의 사회적 · 역사적 경험을 토대로 구성된 상상적 언어 지평이라는 점에서, 정황상 '그림'은 '경험 맥락'과 등가 관계를 형성한다. 우리가 들여다보는 '그림 속'은 도래할 미지의 영역이 아니라 우리 삶의 흔적이 남겨진 낯익은 세계일 수밖에 없기 때문이다.

그러나 낯익은 지점에서 '빨갛고 흰 예쁜 이름들'이 발견될 가능성은 높아 보이지 않는다. 익숙한 것들은 닳아진 것들이다. 우리는 닳은 것들에서 새로운 감각을 자극받을 수 없다. 김형미는 누구보다 그 사실을 잘 안다. 그래서 그가 눈여겨본 지점은 행간이라는 낯익음과 낯익음 사이이다. 그 사이는 콜럼버스의 신대륙처럼, 존재하지만 아직 발견되지 않은 새로운 삶의 영역이다. 김형미는 바로 그 "행간의 숨은 고뇌를 아는 바람"을 포착해낸다. "곁이 조금씩 비어 생이 더욱 허전해진다고/바람이 분다 아아, 바람이 분다"(「부처꽃」)에서 보듯, '바람'은 절망의 순간에 더더욱 삶을 충동한다. 그렇기 때문에 김형미는 "미처 기록해두지 못한 행간에는/한결 수월하게 다시 저질러질 수도 있는,/바람 서늘한 일들이 숨어 있"(「떠도는 일기」)다고 고백한다. 행간에서 시가 태어날 수밖에 없는 이유가 여기에 있다.

5.

김형미 시의 원점으로 행간을 읽어내는 눈 맑음을 이야기했지만, 행간에 무엇이 있는지는 아직 말하지 않았다. 행간은 주목의 대상이 되지 못하는 까닭에 우리들에게는 그다지 익숙하지 않은 영역이다. 그동안 우리가 행간에서 읽어낼 수 있었던 것도 모호하기만 했다. 예컨대 우리가 나무와 나무 사이에서 발견할 수 있었던 것은 공동(空洞)뿐이었다. 아무것도 없다는 것, 어쩌면 이 말이 '사이'를 마주하는 우리의 솔직한 반응일 것이다.

그러나 행간은 분명 스스로의 존재를 증명할 수 있다. 있음과 있음 사이에서 없음이라는 자기 존재를 증명하기 위해 행간은, 비유적인 의미에서, 바람에 의탁하고 있다. 바람은 시선에는 포착되지 않으면서 반드시 어떤 흔적을 남김으로써 주체의 시선을 교란한다. 눈썰미 있는 시인이라면, 바람의 교란을 능란하게 다스림으로써 보이지 않는 것을 보아낸다. 바로 그때 시선이 아닌 심선이 작동한다.

흰 새가 날아오는 쪽에서 가을이 오고 있다
살던 곳의 바람을 죄다 안고서

딱 한 가지씩만 용서하며 살고 싶다

— 「가을」 전문

이 시는 추상의 언어로 차곡차곡 쌓여 있다. 그럼으로써 시는 아슬아슬한 상태를 유지한다. 가을, 바람, 용서 같은 시어들은 시선에 포착되지 않는다는 의미에서 없음의 언어이다. 이 보이지 않는 것들을 볼 수 있게 해주는 것은 '흰 새'가 유일하다. 이를테면 흰 새는 가을이자 바람이자 용서가 되는 것이다. 그러나 흰 새도 색채 이미지를 강조하기 위한 것일 뿐, 구체적인 종(種)과 이름을 은폐하고 있다는 점에서 이 시는 그 자체로 행간이 된다. 중요한 것은 그 행간에도 흰 새와 그것의 순백성에서 추출된 용서라는 철의 세계가 형성된다는 점이다. 이는 김형미의 행간이 있음과 있음 사이에서뿐만 아니라 없음과 없음 사이에서도 작동한다는 점을 드러낸다.

없음과 없음의 사이에서 뭔가 포착해내는 일은 디오니소스적이다. 디오니소스의 예술이 시나 음악처럼 비조형적인 예술을 기원에 둔다는 점에서 그렇다. 김형미는 비조형적인 창조성의 원천을 '바람'에 두고 있다. 바람은 모든 창조의 순간을 선포하는 '소리'를 지녔다. 이 소리가 어떤 것의 '사이'를 통과할 때 발생한다는 점을 우리는 밝힌 바 있다. 다시 말해, 김형미가 행간의 있음을 포착하는 계기는 소리에 있으며, 이 소리는 바람의 한 모습이라는 것이다.

이제 이 글의 도입부에 인용했던 시 「일일화(一日花)」를 이야기해야 할 순간이다. 그 시에서 김형미는 "나는 이미 혼을 다 내어주고 없는 사람이 되었네"라고 밝혔다. 그렇다면 '없는 사람'은 누구인가. 지금까지 김형미의 시를 읽어온 사람이라면 머릿속에 선명하게 떠오르는 낱말 하나를 발견하게 될 것이다. 그렇다. 우리의 머릿속에는 '행간'이 떠올라 있다. 우리의 짐작처럼, 김형미는 '행간'이 되고자 한다. 모든 창조의 순간이 철과 철 사이 요의 세계에서 촉발된다는 점에서, 시인의 존재 위치가 '행'이 아니라 '간'이 되어야 하는 것은 틀림없다. 김형미의 '없는 사람'은, 따라서, 행간으로 존재하는 시인의 운명을 말하는 것처럼 보인다. 그렇다면 행간에는 무엇이 있어야 하는가? 오래 고민할 필요는 없을 듯하다. 김형미식으로, 우리는 이렇게 말할 수 있도록 준비해왔다. "그래 사랑할 만한 것이 딱 하나만 있어라"(「시월」).

文 信 | 시인·문학평론가

푸른사상 시선은 앞으로도 계속 발간됩니다.

푸른사상 시선 87

사랑할 게 딱 하나만 있어라

김 형 미 시집